PERSONAS QUE NOS PROTEGEN

LA ADMINISTRACIÓN DE SEGURIDAD EN EL TRANSPORTE

Ruth Daly

SPANISH & ENGLISH eBOOKS
AV² BY WEIGL™
ADDED VALUE • AUDIO VISUAL
www.av2books.com

Visita nuestro sitio www.av2books.com e ingresa el código único del libro.
Go to www.av2books.com, and enter this book's unique code.

CÓDIGO DEL LIBRO
BOOK CODE

AVS26267

AV² de Weigl te ofrece enriquecidos libros electrónicos que favorecen el aprendizaje activo.
AV² by Weigl brings you media enhanced books that support active learning.

El enriquecido libro electrónico AV² te ofrece una experiencia bilingüe completa entre el inglés y el español para aprender el vocabulario de los dos idiomas.
This AV² media enhanced book gives you a fully bilingual experience between English and Spanish to learn the vocabulary of both languages.

Spanish

English

Navegación bilingüe AV²
AV² Bilingual Navigation

OPCIÓN DE IDIOMA
LANGUAGE TOGGLE

CERRAR
CLOSE

INICIO
HOME

CAMBIAR LA PÁGINA
PAGE TURNING

VISTA PRELIMINAR
PAGE PREVIEW

LA ADMINISTRACIÓN DE SEGURIDAD EN EL TRANSPORTE

CONTENIDOS

2 Código del libro AV²
4 Personas que nos protegen
7 En el aeropuerto
8 ¿Qué es un oficial de seguridad en el transporte?
10 En el puesto de control
12 Las herramientas de los oficiales de seguridad en el transporte
14 Buscando metales
16 Examinando el equipaje
18 Vuelos seguros
21 Los oficiales de seguridad en el transporte son importantes
22 Cuestionario sobre los oficiales de seguridad en el transporte

El trabajo de algunas personas es proteger a los demás.

El oficial de seguridad en el transporte trabaja para proteger a la gente.

3
4

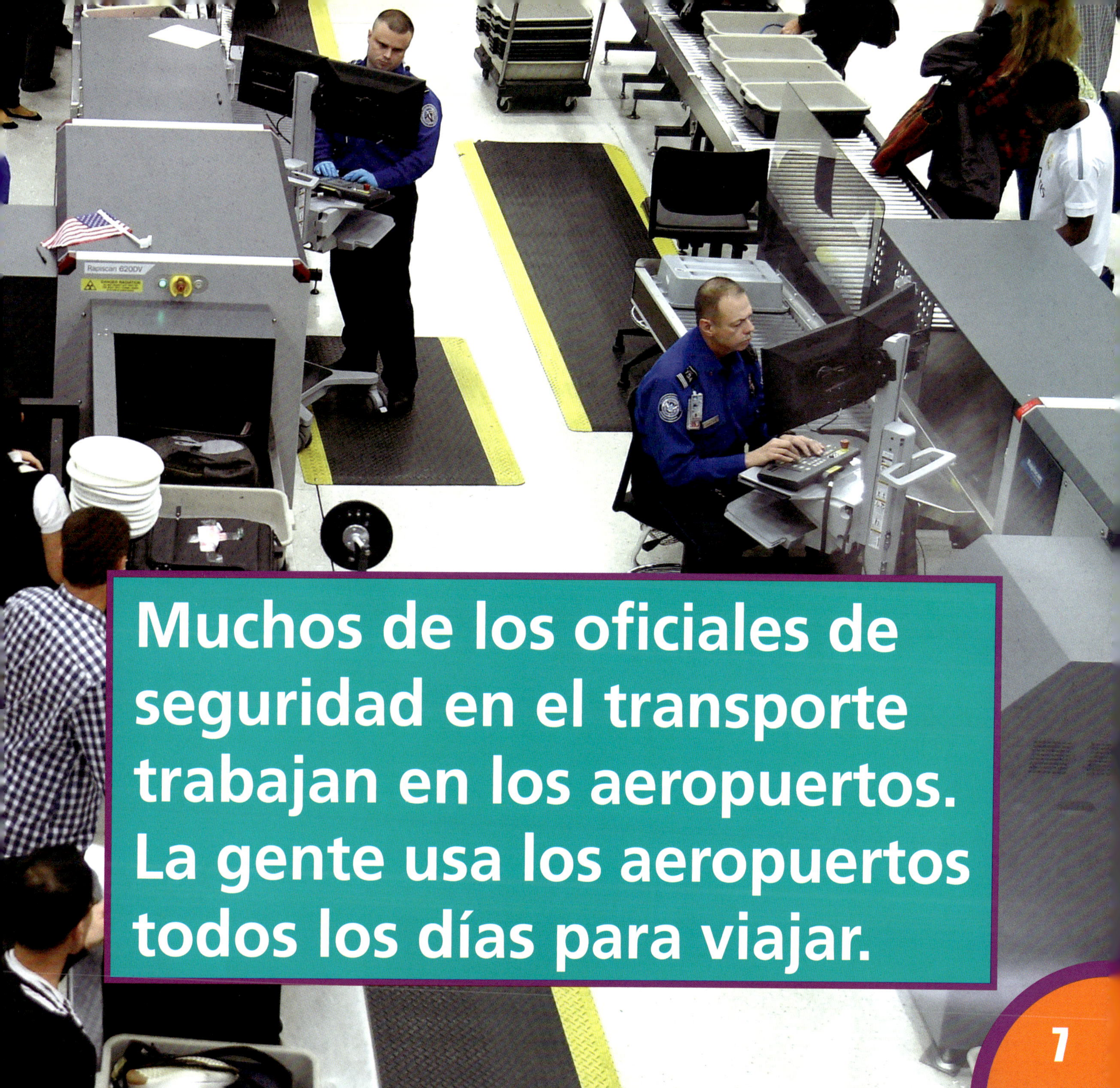

Muchos de los oficiales de seguridad en el transporte trabajan en los aeropuertos. La gente usa los aeropuertos todos los días para viajar.

Los oficiales de seguridad en el transporte protegen la seguridad de los aviones y los aeropuertos.

También protegen a las personas que están en los aeropuertos.

El oficial de seguridad en el transporte revisa los boletos de avión.

Verifica los nombres y otros datos importantes.

El oficial de seguridad en el transporte revisa qué hay adentro de las valijas.

Usa una máquina de rayos X que le permite ver dentro de una valija sin tener que abrirla.

A veces, el oficial de seguridad en el transporte usa un detector de metales manual.

Si hay algún metal en el cuerpo o ropa de una persona, el detector suena.

El oficial de seguridad en el transporte debe revisar todos los bolsos y mochilas.

También puede revisar los teléfonos y aparatos electrónicos.

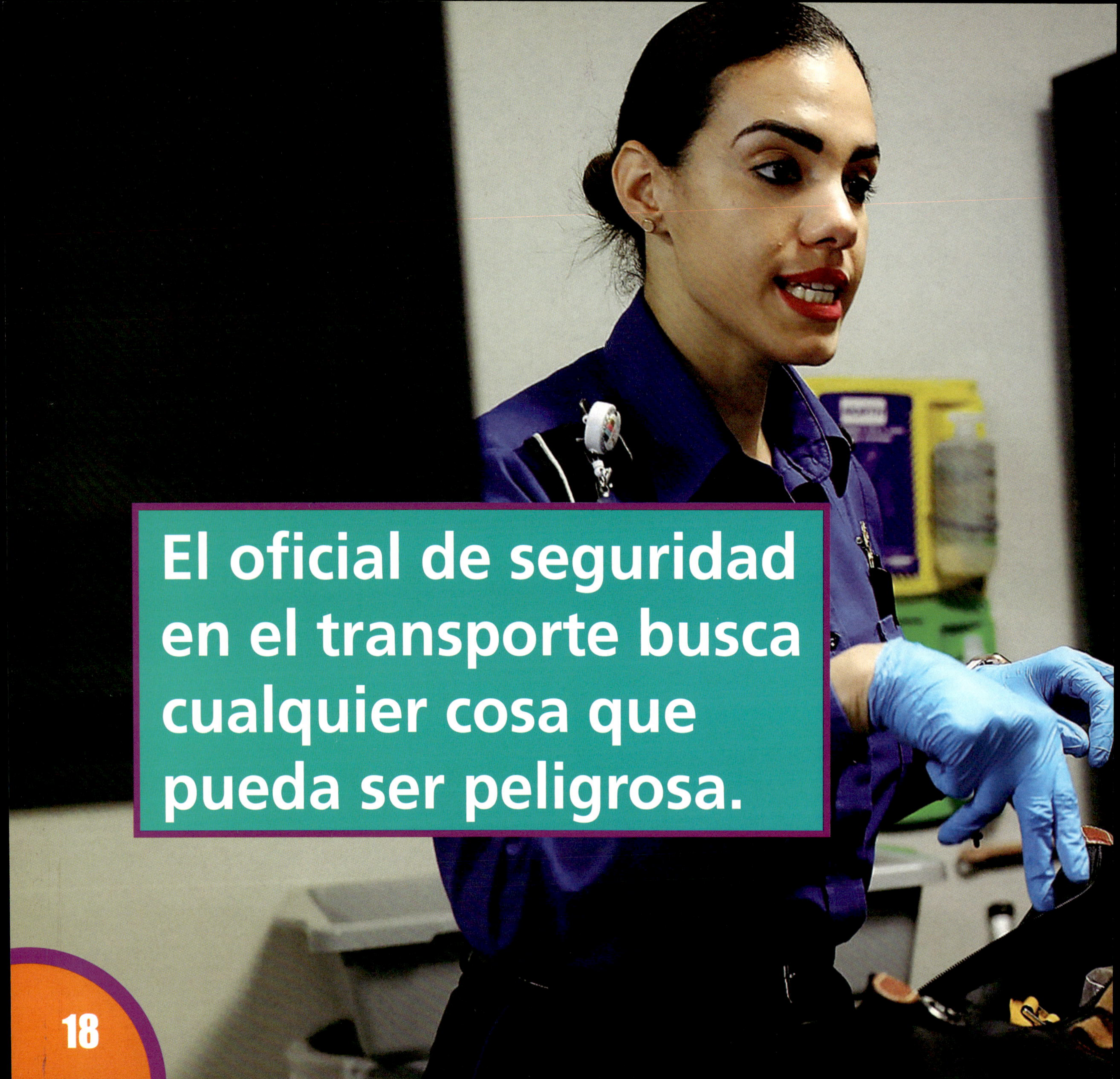

El oficial de seguridad en el transporte busca cualquier cosa que pueda ser peligrosa.

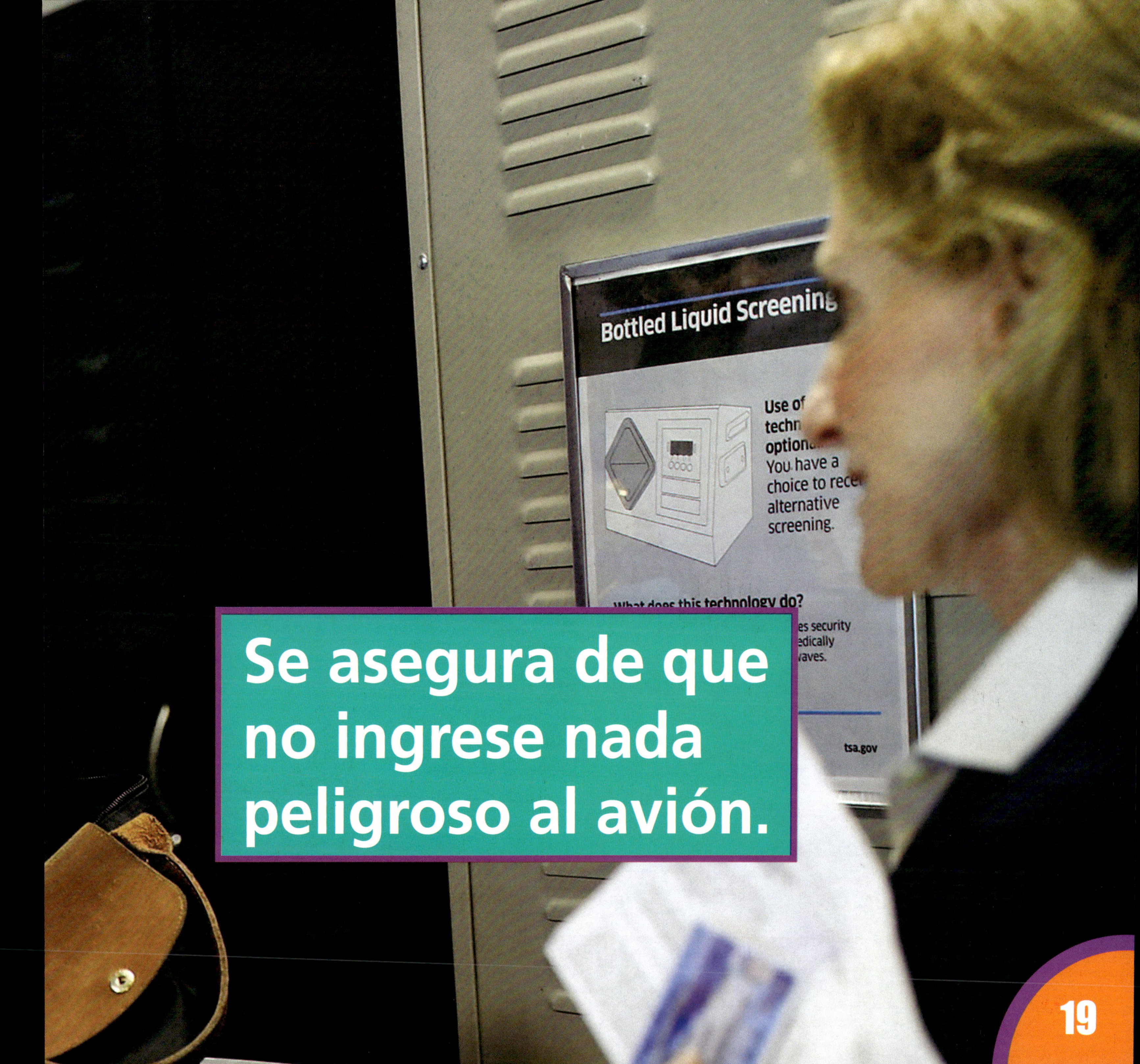

Se asegura de que no ingrese nada peligroso al avión.

Los oficiales de seguridad en el transporte son importantes porque nos protegen.

Veamos qué has aprendido sobre los oficiales de seguridad en el transporte.

Describe lo que ves en cada una de estas imágenes.

¡Visita www.av2books.com para disfrutar de tu libro interactivo de inglés y español!

Check out www.av2books.com for your interactive English and Spanish ebook!

1. **Entra en www.av2books.com**
   Go to www.av2books.com

2. **Ingresa tu código**
   Enter book code

   AVS26267

3. **¡Alimenta tu imaginación en línea!**
   Fuel your imagination online!

www.av2books.com

Published by AV² by Weigl
350 5th Avenue, 59th Floor New York, NY 10118
Website: www.av2books.com

Library of Congress Control Number: 2018964738

ISBN 978-1-7911-0207-4 (hardcover)
ISBN 978-1-7911-0208-1 (multi-user eBook)

Printed in the United States of America in Brainerd, Minnesota
1 2 3 4 5 6 7 8 9 0 22 21 20 19 18

122018
111918

Project Coordinator: John Willis
Art Director: Ana María Vidal
Spanish Project Coordinator: Sara Cucini
Spanish/English Translator: Translation Services USA

Every reasonable effort has been made to trace ownership and to obtain permission to reprint copyright material. The publisher would be pleased to have any errors or omissions brought to its attention so that they may be corrected in subsequent printings.

The publisher acknowledges Alamy, Getty Images, iStock, Newscom, and Shutterstock as the primary image suppliers for this title.